Armin und Jasmin Roth

Wahre Liebe

Liebesroman

Impressum

Bibliografische Information der Deutschen Nationalbibliothek:
Die Deutsche Nationalbibliothek verzeichnet diese Publikation in der Deutschen Nationalbibliografie; detaillierte bibliografische Daten sind im Internet über http://dnb.dnb.de abrufbar.

© 2023 Armin und Jasmin Roth

Lektorat: Armin Roth
Korrektorat: Jasmin Roth

Herstellung und Verlag: BoD – Books on Demand, Norderstedt

ISBN: 978-3-7347-1171-8

Wahre Liebe

Vorwort

Waren Sie schon einmal richtig verliebt? So mit Schmetterlingen im Bauch? Hals über Kopf? Hatten Sie schon einmal oder kennen Sie das Gefühl, die eine Partnerin oder den einen Partner kennengelernt zu haben, bei dem der Deckel zum Topf passt oder umgekehrt?

Dann finden Sie sich vielleicht in dieser Geschichte wieder und Sie lesen mit wachsender Begeisterung *weiter. Für die anderen Erwerber dieses Lesewerkes, die diese Glücksgefühle (noch) nicht hatten oder (noch) nicht kennen, wünsche ich trotzdem viel **Spaß** beim Lesen und viel Erfolg beim Suchen nach dem einen richtigen Lebenspartner.*

Ab hier beginnt eine wahre Geschichte, die man selbst erlebt haben muss, um sie tatsächlich glauben und letztendlich niederschreiben zu können. Die Namen der hier beschriebenen Protagonisten werden teils nicht wiedergegeben, da nicht von Belang oder sind nicht die realen. Das gebietet einfach die Fairness und der Datenschutz.

1.

Es ist immer schwierig, wenn man versucht einen Teil des eigenen Lebens zu Papier zu bringen. Wo fängt man an, wie fährt man fort und wo hört man auf? Einen Anfang muss es geben, das Ende nicht unbedingt. Wie wäre es, in der Mitte anzufangen? Mal sehen, vielleicht bringt mich das zum Anfang der Geschichte, sicher nicht zu einem Ende. Das ist offen, ich will ja schließlich mit meiner Partnerin noch viel Zeit zusammen verbringen. Wie man so schön sagt „bis ans Ende aller Tage" wenn möglich….

Ich weiß es noch wie heute, es war am 07. Juli 2017, als ich bei einer Gewerkschaft des öffentlichen Dienstes in deren Wirtschaftsunternehmen den Posten eines Geschäftsführers im Ehrenamt übernommen habe.

Was an sich betrachtet schon verrückt ist, denn wer, wenn nicht enthusiastisch veranlagt, würde einen solchen Job im Ehrenamt wahrnehmen? Ich habe es getan und im Nachhinein betrachtet war es genau die richtige Entscheidung. Bis es allerdings so weit war, hatten mich zuvor mehrmals Vertreter dieser Gewerkschaft an meinen eigentlichen Arbeitsplatz aufgesucht und mich jedes Mal gefragt, ob ich es mir vorstellen könnte, diesen Posten zu übernehmen.

Sie würden händeringend nach einer Person suchen, die dieses Amt übernehmen könnte, da sie selbst nicht über das nötige Knowhow verfügen würden, das Wirtschaftsunternehmen aus der seinerzeitigen finanziellen Schieflage herauszuführen.

Dazu muss man wissen, dass ich selbst Mitglied dieser Gewerkschaft war, immer noch bin, bereits einige Posten in verschiedenen Gremien innehatte und oft bei Großveranstaltungen dieser Gewerkschaft meine Schaffenskraft zur Verfügung gestellt habe. Darüber hinaus bin ich jetzt kein Mensch, der andere in einer Notlage hängen lässt, wenn ich weiß, dass ich mit Wissen und Erfahrung dazu beitragen kann, dies möglicherweise zu ändern. Diese Gewerkschaft war mir wichtig. Die Betonung liegt auf „war", mittlerweile haben sich viele Dinge geändert. Ich bin nicht mehr dieser Geschäftsführer dieser Gesellschaft. Die gibt es nicht mehr, wurde wegrationalisiert und mich gleich mit dazu. Diesen Punkt der Geschichte erreichen wir noch. Ich kann es aber vorwegnehmen, die Liebe, um die es hier geht, ist geblieben.

Nun gut, weiter in der Geschichte mit der Gewerkschaft. Beim ersten Treffen erklärte ich den Herren Vertretern, dass ich mir die Sache durch den Kopf gehen lassen würde, gab aber gleichzeitig zu bedenken, dass ich ja in meinem eigentlichen Job zeitlich, sowie auf Grund meines Arbeitsumfanges, sehr eingeschränkt die Tätigkeit als Geschäftsführer wahrnehmen könnte.

Diese Argumentation konnten die Herren nachvollziehen, von ihrer Seite her gesehen war man der Meinung, dass ich ihr Plan A wäre und sie mich in vollem Umfang unterstützen würden. Plan A war ein gutes Stichwort, meine anschließende Frage nach möglichen Plänen B und C hätte ich mir sparen können. Die gab es schlichtweg nicht.

Nach einigen Tagen Bedenkzeit und einem weiteren Treffen gab ich schließlich den Herren Gewerkschaftsvertretern grünes Licht und sagte zu, den Posten des Geschäftsführers anzunehmen. Die Vertragsmodalitäten waren schnell geklärt, der Tag der Vorstellung meiner Person als „Chef" gegenüber meinen neuen Mitarbeitern rasch festgezurrt. Bei meinen Gegenübern, den Gesellschaftern des Wirtschaftsunternehmens, hörte man die Steine plumpsen.

2.

Ich hatte mir vorgenommen, meinen ersten Tag als Geschäftsführer sachlich und entspannt angehen zu lassen. Der Vorsitzende der Gewerkschaft, ich nenne ihn hier Rudi, und gleichzeitig mein Prokurist, stellte mich meinen neuen Mitarbeitern vor. Es waren nicht alle anwesend, ich wurde zunächst zwei Damen vorgestellt, von denen ich eine, die ich hier Hanna nennen möchte, schon aus zahlreichen früheren Veranstaltungen der Gewerkschaft kannte. Zu meinem Team gehörten noch zwei Herren, hier der Einfachheit Hans und Franz genannt, wurden mir zu einem späteren Zeitpunkt vorgestellt, die mir aber aus besagten Veranstaltungen auch schon nicht gänzlich unbekannt waren.

Mir fiel sofort die andere Dame auf, die mir namentlich als Alexandra vorgestellt wurde. Schon bei der Begrüßung stellte ich ein offenes Wesen und eine großartige Ausstrahlung bei ihr fest, zudem die

Tatsache, dass sie ungemein attraktiv aussah und sehr gut gekleidet war. Blond, blaue Augen, etwas kleiner als ich, machten es mir nicht gerade einfach, mich auf den Grund meines Hierseins zu konzentrieren.

Also losreisen, denn die Vorstellungsreise ging noch durchs ganze Haus, um auch die übrigen Mitarbeiterinnen und Mitarbeiter der Gewerkschaft kennenzulernen. Irgendwann nach zahlreichem Händeschütteln und „Hallo"-Sagen war es geschafft, endlich!

Zurück bei meinem neuen Team, besprachen wir kurz die Vorgehensweise für die nächsten Tage, tauschten Telefonnummern und E-Mail-Adressen aus, um eine Erreichbarkeit aller herzustellen, da klar war, dass ich nicht jeden Tag vor Ort sein würde und konnte, aber immer selbstverständlich Ansprechpartner für die geschäftlichen Belange aber auch die persönlichen Anliegen meiner Mitarbeiter sein wollte.

Tag 1 eines neuen Aufgabenfeldes hatte ich hinter mich gebracht, eine gewisse Erleichterung und Zufriedenheit ruhten in mir.

3.

In den nächsten Tagen verschaffte ich mir Überblicke über die Geschäfts- und Finanzlage „meiner neuen Firma". Es sah alles andere als rosig aus. Aber ich gebe hier keinen langweiligen Geschäftsbericht zum Besten, es geht hier schließlich um zwischenmenschliche Beziehungen, es geht um die Liebe.

Es war viel zu tun, um das schwankende, wenn nicht gar schon sinkende Schiff vor dem Untergang zu bewahren. Also Ärmel hochgekrempelt und Anker geworfen. Leichter gesagt als getan. Ein ziemlicher Wust an undefinierbaren Unterlagen, schlechter Ablage, ein voller Warenkellerbestand, der schon lange keine Inventur mehr gesehen hatte und weitere Unzulänglichkeiten erwarteten beseitigt, aufgeräumt oder optimiert zu werden.

Was andere als Fulltimejob betrachten würden, musste ich an wenigen Stunden in der Woche leisten. Überstunden, die ich an meinem eigentlichen Arbeitsplatz hereinholte, baute ich als Freizeit für meinen Job als Geschäftsführer wieder ab. Manchmal habe ich mich schon gefragt, ob ich bescheuert bin und mir ohne Not solch eine Arbeit aufgehalst hatte. Ich setzte mich unnötigem Stress aus, in der Vorstellung den Koloss Wirtschaftsunternehmen der Gewerkschaft wieder in ruhiges Fahrwasser zu manövrieren. Man holte mich noch zudem in den geschäftsführenden Vorstand dieser Gewerkschaft, um in den allmonatlichen Sitzungen über den Fortgang der Dinge zu berichten. Von Unterstützung war in der Zwischenzeit schon lange keine Rede mehr, Kritik war eigentlich an der Tagesordnung. Selbst wenn Positives zu berichten war.

Glauben Sie mir, ich war nicht masochistisch veranlagt, als ich den Job angenommen habe. Es musste mich keiner hin prügeln. Ich habe mir mehr als einmal die Frage gestellt, warum ich das tat. Was bewegte mich, alles in der Kraft Stehende zu tun, diesen Laden wieder auf Vordermann zu bringen? Es war Herzblut, es war meine Kämpfernatur, es war der Willen es einfach zu schaffen und es war diese Frau.

4.

Alexandra war im Frühjahr 2017 über eine Personalvermittlung zum Wirtschaftsunternehmen dieser Gewerkschaft gekommen. Sie war als Direktionsassistentin für meinen Vorgänger eingestellt worden, der aber Ambitionen hegte, Bürgermeister im Schwarzwald zu werden und deshalb im Wahlkampf keine Zeit mehr dafür hatte, die Position des Geschäftsführers auszufüllen.

Alexandra ist eine Macherin, eine Kämpfernatur par excellence. Sie hängt sich in jedes Projekt, als wäre es ihr eigenes. Aufgeben ist für sie keine Option und wenn der Karren noch so sehr im Dreck hängt. Das imponierte mir, weil ich ähnlich denke und handele. Zu Beginn unserer Zusammenarbeit klärten wir gleich, wer was macht und wofür zuständig ist. Sie gab mir zu verstehen, dass sie weitgehend autark arbeiten möchte, mich jedoch über alles Wichtige informiert und auf dem Laufenden hält. Sie wollte ihre Ideen einbringen, um die Geschäftssituation positiver gestalten zu können. Wir mussten ohnehin einen neuen Weg finden, die finanzielle Schieflage zu begradigen, um auch am Ende des Jahres noch die Gehälter der Mitarbeiter zahlen zu können. Dies war lange Zeit nicht sicher, ich wollte aber alles dafür tun, dass meine Mitarbeiter ihren Job behalten konnten.

Dem zu Folge hatte ich dann beschlossen, dass Alexandra als meine Direktionsassistentin für das Eventmanagement zuständig war, Hanna die Bankgeschäfte und Vorbereitung der Buchhaltung unter sich weiterführte sowie Hans und Franz stundenweise für Auftragsarbeiten zur Verfügung standen. Durch kurzfristige Umstellung einiger Verträge oder deren Kündigung, sowie Optimierung anderer finanzieller Belange konnten so Mittel freigemacht werden, die ein Überleben der Firma kurz- bis mittelfristig sicherte. Es war aber da schon zu erkennen, dass der Weg bis zu einem möglichen Gewinn des Unternehmens hart und steinig werden würde.

5.

Mitte Oktober 2017 hatte ich, unter Vorstellung meiner Person, eine Besprechung mit einem unserer Kooperationspartner hinsichtlich der Events 2018, die wir in unserem Aufgabenreich für die Gewerkschaftsmitglieder jährlich veranstalteten. Dort konnten neue vertragliche Bedingungen, auch finanzieller Art, festgezurrt werden, die weiterhin eine Existenzsicherung für die Firma gewährleisteten, insbesondere, weil dies der Hauptgeschäftszweck des Unternehmens war.

Anfang März 2018 wiederholte sich dieses Szenario, es sollten die Termine neu abgestimmt und auch die finanziellen Belange beleuchtet werden. Ich wollte, dass Alexandra mich zu diesem Termin begleitet, zumal sie als Ansprechpartnerin für die Kooperationspartner diese auch kennenlernen sollte. Sie war begeistert, sagte zu und ich holte sie zu Hause ab. Wie immer schick im Aussehen, stieg sie zu mir ins Auto und wir fuhren in eine Stadt in Rheinland-Pfalz, wo der Firmensitz unseres Hauptkooperationspartners lag.

Auf der Fahrt dahin unterhielten wir uns ausschließlich über geschäftliche Belange, nichts Privates, gar nichts in dieser Richtung.

Ich fand das etwas seltsam, zumal wir uns ja jetzt schon eine geraume Weile kannten. Aber das fiel mir in der Vergangenheit in unserem Büro schon auf, dass sie sich darum kümmerte, dass immer ein frischer Kaffee auf meinem Schreibtisch stand, wenn ich da war und es dazu ab und an noch eine bäckerfrische Brezel gab. Trotzdem kein Sterbenswort über sich selbst. Ja, solche Dinge, wann sie Geburtstag hat, wo sie wohnt, dass sie noch ein schulpflichtiges Kind hat, dass sie jeden Tag 120 km hin und zurück zur Arbeit fährt, das konnte man schon erfahren, wenn man ihre Personalakte gelesen hatte. Aber wirklich Persönliches? Fehlanzeige!

Also lud ich sie nach dem Gespräch mit unserem Kooperationspartner zum Essen in ein nahegelegenes Restaurant ein. Ich wollte mehr über Alexandra erfahren. Nicht nur als Mitarbeiterin, sondern als Mensch. Aber Pustekuchen. Wieder nur übers Geschäft reden, die Besprechung mit dem Kooperationspartner nochmal Revue passieren lassen. Mehr war nicht drin. Immer wenn ich ihr in die Augen geschaut hatte, sah sie weg, links und rechts auf den Boden, fummelte in ihrer Handtasche herum, tat alles Mögliche, nur um meinen Blick ausweichen zu können. Ok, dachte ich, heute also nicht. Es ist nicht so, dass wir uns nichts zu sagen gehabt hätten, die Unterhaltung zwischen uns war und ist bis heute kurzweilig. Nur sie war eben zu diesem Zeitpunkt noch nicht auf einem persönlicheren Level.

6.

Wie bereits erwähnt war eines der Hauptwirkfelder des Wirtschaftsunternehmens das Veranstalten von Events, vornehmlich Tanzveranstaltungen, sowohl für Gewerkschaftsmitglieder, aber auch für jedermann. Alexandra war bei den nötigen Organisationsabläufen in ihrem Element. Sie hatte diesbezüglich den Laden im Griff. Sie war eine großartige Zuarbeiterin und ich musste in dieser Hinsicht nur noch wenig selbst erledigen. Es war in diesem Jahr auch das erste Mal, dass ich mich mit diesen Tanzveranstaltungen auseinandersetzte. Ich, der klassische Nichttänzer, auf einem Tanz-Event. Was für ein Bild. Aber ich hatte mir vorgenommen, alle Bälle im Jahr zu besuchen, was allerdings schon zum ersten Ball 2018 auf Grund anderer Termine meinerseits nicht funktionierte.

Apropos nicht funktionieren, der erste Ball, an einem Samstag, war eine Vollkatastrophe. Die Band war schlecht, die Akustik passte nicht, die Gäste verließen in Gruppen den Saal, um sich im Foyer aufzuhalten, weil sie der schlechten Tonlage der Band nicht mehr zuhören wollten. Die gebuchten Künstler konnten ihren vollen Auftritt nicht so darstellen, weil sie von der Tonanlage der Band abhängig waren. Bis auf das Catering ging schief, was nur schiefgehen konnte. Und Alexandra mittendrin, die versuchte zu retten was zu retten war. Ohne Erfolg. Am Montag prasselten die E-Mails unzufriedener Gäste und Künstler auf mich ein. Ich zog die Reißleine und trennte mich von der Band, die eigentlich noch für sechs weitere Veranstaltungen gebucht worden war. Die Verträge waren jedoch alle vor meiner Zeit als Geschäftsführer geschlossen worden und waren so grottenschlecht, dass die Firma eine Anwältin beauftragen musste, die Dinge wieder einigermaßen gerade zu rücken. Das sind Erfahrungen, die man sich zum Einstieg als Geschäftsführer in ein neues Unternehmen gerne sparen möchte, aber sie lassen einen auch wachsen und reifen in seinem Tun.

Aber aus Fehlern lernt man ja bekanntermaßen auch. Ab diesem Zeitpunkt war ich mit Alexandra nahezu auf jedem Ball. Es lief hervorragend, wir wurden zu einem eingespielten Team, als wenn wir noch nie etwas anderes getan hätten. Wir bauten ein tolles Verhältnis zu den weiteren Tanzbands, zu fast allen Künstlern, den Hallenbetreibern, den Caterern sowie den Technikern auf. Es war ein überaus angenehmes Zusammenarbeiten mit allen beteiligten Personen. Vor allem mit Alexandra.

Jeder Tag machte Spaß, an dem ich in der Firma war. Alle Mitarbeiter waren zufrieden, das Verhältnis war spitzenmäßig. Nur Alexandra zog sich zurück. Die Zeit bis zur Sommerpause war nicht mehr lange fern, da bat mich Alexandra um ein paar Tage Urlaub. Ohne großartig darüber nachzudenken, habe ich ihn sofort genehmigt, da sie wirklich viel gearbeitet und sich ihre freien Tage mehr als verdient hatte. Sie wollte ihre Cousinen auf Ibiza besuchen. Ich wünschte ihr ein paar erholsame Tage und weg war sie. Ich würde lügen, wenn ich nicht sagen würde, dass sie mir in dieser Zeit fehlte.

Die Woche darauf war Alexandra wieder zurück, stürzte sich wieder in die Arbeit, sah aber nachdenklich aus. Tage später war sie jedoch wieder fröhlich und voller Tatendrang in der Vorbereitung des letzten Events vor der Sommerpause.

Das ist immer schon traditionell ein großes Sommerfest im mittleren Filstal mit mehreren tausend Besuchern. Das Fest lief bombastisch und wir waren am Abend ziemlich kaputt. Nach Aufräumen, Kasse machen und einem kleinen Absacker, ging es gegen 3 Uhr ins Hotel. Alexandra und ich waren die letzten, jeder verzog sich auf sein Zimmer bis zum nächsten Morgen. Beim Frühstück saß sie plötzlich neben mir. Ein gutes Gefühl und langsam merkte ich, dass Alexandra weit mehr als nur eine Mitarbeiterin für mich war.

Aber darf ich persönliche Gefühle für jemanden entwickeln, ja empfinden, der für mich arbeitet? Der finanziell von mir abhängig ist? Chef und Mitarbeiterin? Geht das denn? Ist das erlaubt? Was werden Andere dazu sagen?

Fragen über Fragen.

Keine gescheiten Antworten.

Also Herz sprechen lassen, wobei der Verstand immer wieder dazwischen grätschte. Diese Emotionen, zu Himmel hoch jauchzend und zu Tode betrübt. Achterbahnfahren im eigenen Körper. Also doch Herz sprechen lassen und sich die Dinge entwickeln lassen.

7.

Jetzt kommen wir zu einem anderen Teil dieser Geschichte. Wer sich bislang gefragt und beim Lesen auch gewundert hat, dass bislang so gar nichts aus meinem privaten Leben vorkam, der kann oder darf sich jetzt ein Bild machen.

Während ich diese Geschichte schreibe, bin ich 59 Jahre alt. Ich bin Manfred und ich bin der älteste von drei Brüdern. Ich bin in einer Region am Main, genauer gesagt in Unterfranken aufgewachsen und bis zu meinem 19. Lebensjahr auch dort verwurzelt gewesen. Meine Mutter, über 80, lebt noch immer dort. Mein Vater ist mit fast Mitte 80 leider vor ein paar Jahren verstorben. Mich zog es raus aus dem kleinen 800-Seelen-Ort, in dem ich aufgewachsen und bis zur 4. Klasse zur Schule gegangen bin. Ich wollte raus in die Welt. Wo bin ich gelandet? In meiner ersten eigenen Wohnung in einem anderen noch kleineren Ort. Aber dort bin ich mit meiner damaligen Freundin zusammengezogen. Das war etwas Anderes.

Wir blieben jedoch nicht zusammen, sind aber seit über vierzig Jahren gute Freunde. Das ist beileibe keine Selbstverständlichkeit in unserer schnelllebigen Zeit. Das ist etwas Besonderes, ein Privileg.

Mitte der Achtziger habe ich dann meine erste Frau Hanna kennengelernt und wie damals üblich, irgendwann Verlobung, später Heirat. Ende der Achtziger kam unser erstes Kind zur Welt. Ein Mädchen. Mann, war ich stolz, bin es heute noch. Anfang der Neunziger kam, ich hatte gerade angefangen einen höheren Bildungsabschluss nachzumachen, kam unser zweites Kind. Ein Sohn. Prächtiger Junge, auch heute noch. Dann habe ich angefangen nebenherzustudieren, als Mitte der Neunziger unser drittes Kind kam. Auch ein Sohn. Ich bin immer noch stolzer Papa. Ende der Neunziger war ich fertig mit dem Studium und auch fertig mit der Ehe. Meine Frau hat sich scheiden lassen. Ich will das hier nicht weiter ausführen, wir haben uns nicht im

Guten getrennt, aber mittlerweile ist Gras darüber gewachsen und darunter soll es auch bleiben.

Aber ich bin getreu meinem Motto, sich nicht unterkriegen zu lassen, ein positiv denkendes Stehaufmännchen geblieben. Rückschläge, persönlicher oder beruflicher Natur, machten mich bislang nur noch stärker. Es gab irgendwann eine neue Partnerin, sie hieß Mary, an meiner Seite, die Beziehung hielt drei Jahre. Kurz vor Ende unserer Partnerschaft hatte ich ihr noch einen Heiratsantrag gemacht, sie lehnte ihn ab. Kurz darauf, dann auch hier das Ende, Mary war der Meinung, nicht mehr mit mir zusammenleben zu können, wobei es nicht an mir liegen würde, sondern sie sich erstmal selbst finden müsste. Da fällst du aus Wolke 7 und schlägst ziemlich hart auf dem Boden der Tatsachen auf. Selbstfindung mit 40 kann man mal machen, geht halt auf Kosten anderer.

8.

Dann traf ich Lisa, zum damaligen Zeitpunkt ebenso 40, alleinerziehend, einen 5 Jahre alten Sohn, nennen wir ihn Max. Nette Frau, kam mir bei unserer ersten Begegnung etwas schräg vor, aber nett. Sie hatte sich ein kleines Häuschen in der Neckar-Fils-Ecke zugelegt. Es war nicht Liebe auf den ersten Blick und ich muss zugeben, das war es bei den beiden Partnerinnen zuvor auch nicht, auf den zweiten schon. Die Umstände, wie Lisa und ich letztendlich ein Paar geworden sind, waren schon kurios. Wir hatten uns gerade kennengelernt, da fuhren Lisa und ihr Sohn gemeinsam mit ihrem Ex-Lebensgefährten und Vater ihres Sohnes in Urlaub. Sechs Wochen. Gut dachte ich, war so geplant und ich bin der Neue hier. Ich hatte Lisa vorgeschlagen, in ihrer Abwesenheit auf ihr Haus aufzupassen, Blumen zu gießen und was sonst noch in dieser Zeit anfallen würde, zu erledigen. Sie erklärte sich damit einverstanden. Sie kamen zurück und wir hatten gerade zwei Wochen, um uns weiter kennenzulernen, als sie mit ihrem Sohn für 4 Wochen in Mutter-Kind-Kur fuhr. War auch geplant. Ich habe sie dort mit meinen Söhnen besucht, fand es beeindruckend, wie sie als Alleinerziehende mit Kind und Haus ihr Leben meistert. Auch sonst verstanden wir uns immer besser, Ende des Jahres 2002 bin ich bei ihr eingezogen. War im Nachhinein ein Fehler, der mir viel Ärger erspart hätte, aber was passiert nicht alles, wenn man sich verliebt hat. Ab 2003 haben wir angefangen das Haus, ihr Haus, umzubauen. Das ging fünfzehn Jahre lang so, kaum war ein Projekt beendet, stand das nächste vor der Tür. Das Haus war wie ein Granatapfel, macht man ihn auf, dann fallen einem ständig irgendwelche Kügelchen entgegen. So ähnlich war das auch mit dem Haus, ein nicht enden wollender Baustellenspringbrunnen.

9.

2004 haben wir geheiratet, nächster Fehler. Die Hochzeit auch so ein Kuriosum, zu dritt auf dem Standesamt, Lisa mit Sohn und ich. Meine Kinder waren eingeladen, wollten aber nicht kommen. Lag vermutlich an der Beziehung zu meiner zukünftigen Frau und ihrem Sohn. Sehr kühl, das Ganze. Änderte sich auch nicht in all den Jahren, einzig meinem ältesten Sohn gelang es, so etwas wie ein freundschaftliches Verhältnis auszubauen. Hut ab, mir fiel es in all den Jahren schwer einen Draht zu Max zu gewinnen. Beruhte aber vielleicht auch auf Gegenseitigkeit, es war und blieb schwierig.

Sonstige Verwandtschaft, Fehlanzeige. Lisas Verhältnis zu ihrer Mutter und deren Mann sowie meines zu meinen Eltern und Geschwistern war zu diesem Zeitpunkt nicht besonders berauschend, also hatten wir keine Gäste. Aber uns fehlte nichts, wir waren uns in dieser Situation selbst genug.

Nach Ende der Trauung hatten wir noch einen Fototermin im örtlichen Stadtpark, danach hatte Max keine Lust mehr, uns hinterher zu dackeln. Er wollte zu seiner Oma, gesagt, getan. Lisa und ich gingen gemeinsam Essen, danach noch etwas bummeln. Dabei hatten wir einen Schmuckladen ausfindig gemacht, in dem wir unsere Eheringe gekauft haben. Ja, sie lesen richtig. Wir hatten bei der Trauung eigentlich keine, tauschten die Formalitäten so aus, aber nicht die Ringe. Die gab es erst während des Stadtspaziergangs. Aber dafür waren sie dann auch etwas Besonderes, wie ja auch schon die Hochzeit war.

Wir hatten auch nicht groß erzählt, dass wir geheiratet hatten, einige Freunde wussten es, wie meine Schwiegermutter und deren Mann auch. Meine Eltern und Geschwister haben es 4 Jahre später erfahren, daran erkennen sie schon, dass es kein leichtes Lebensumfeld war, das mich umgab.

So dümpelte das Beziehungsleben vor sich hin, Ups and Downs waren ständige Begleiter. Wir standen mehr als einmal vor dem Ende unserer Beziehung und der Ehe. Trotzdem hatten wir es immer wieder geschafft, eine Fortsetzung zu erreichen, was mir in meinem ersten Eheleben nicht gelungen war. Ob es an den vielen Gesprächen lag, die wir geführt haben oder die Kompromisse, die wir geschlossen hatten. Ich weiß es nicht mehr, möglicherweise ist jeder für sich betrachtet im richtigen Moment über seinen Schatten gesprungen und das Leben bzw. die Beziehung funktionierte weiter.

Nur war das eben mehr Schein als Sein, das kristallisierte sich immer mehr heraus. Ein Wendepunkt in unserem Ehedasein war dann eine Indienreise von Lisa, ich glaube das war 2014 oder 2015. Sie war alles in allem 7 Wochen unterwegs, ich blieb allein zurück, kümmerte mich um Haus und Hof. Nicht um Max, der war zu diesem Zeitpunkt in einer Einrichtung, ich will es mal ein Heim für Problemkinder nennen, untergebracht. Ich hatte auch keine Ambitionen, Indien zu bereisen, fand es ehrlicherweise auch sehr angenehm, mal eine

Zeitlang allein zu sein und wieder zu mir selbst zu finden. Plötzlich bemerkte ich ein gewisses Ausgepowert sein, ein Zustand, der mir eigentlich fremd war, mich ständig am Anschlag zu bewegen, war für mich normal.

Lisas Indienreise ging zu Ende, nun hätte sich eigentlich eine gewisse Freude bei mir einstellen sollen, die war jedoch verhalten. Ich merkte schon während ihres Wegseins sowohl bei mir als bei ihr, dass sich etwas geändert hatte. Das Wir, das uns bis zu dieser Reise noch zeitweise begleitet hatte, war nicht mehr da.

Es stellte sich relativ schnell heraus, dass Lisa einen neuen Lebensweg einschlagen wollte. Er sollte in die esoterische Richtung gehen, ein Weg, der ganz bestimmt nicht meiner war, ich mir aber durchaus ihre Vorstellungen über eine neue Beziehungs- und Lebensausrichtung angehört habe. Ich habe versucht, diese Ausrichtung in Gleichklang zu meinen Lebensvorstellungen zu bringen, gelungen ist mir das zumindest am Anfang nicht.

Bei solch ungleichen Vorstellungen über die Ausrichtung des Alltages und des gemeinsamen Lebens bleiben Reibereien naturgemäß nicht aus. Was haben wir diskutiert, tagelang, nächtelang. Um eines klarzustellen, wir haben uns nie angebrüllt, es gab auch keine körperlichen Auseinandersetzungen. Wir hatten eine andere Streitkultur, wir waren keine Menschen der lauten Sorte, was ich im Nachhinein auch als sehr angenehm empfand. Ein Psychologe würde das vielleicht anders beurteilen, der hätte uns möglicherweise geraten, tatsächlich laut zu werden, zu schreien. Es soll ja angeblich etwas Befreiendes haben, meins ist es nicht.

Dieses ruhige Streiten führte dann auch dazu, dass wir gemeinsam nach einem Weg gesucht haben, die Beziehung nochmals in eine für beide Seiten akzeptable Richtung zu bringen. Durch gemeinsame Bekannte, ich nenne sie hier mal Heidi und Günter, kamen wir zu Seminaren innerhalb der esoterischen Bewegung. Mir ein bis dahin völlig unbekanntes Terrain, während sich Lisa da schon ein wenig auskannte. Aber nichtsdestotrotz, Heidi und Günter, die auch schon länger in dieser Szene waren, hatten mich vorgewarnt, dass es mich vielleicht schockieren könnte, in diese Welt einzutauchen. Sie sollten Recht behalten, es war aus meiner Warte gesehen sehr befremdlich. Aber ich wollte dem Ganzen eine Chance geben, es war ja nicht so, dass ich Neuem völlig konträr gegenüberstand. Es war...eben etwas gewöhnungsbedürftig. Ohne jetzt näher ins Detail gehen zu wollen, brachte mir dieses erste Seminar auf esoterischer Basis doch eine gewisse Erfahrung und gleichzeitig einen Einblick in mein Leben, das ich unerwarteterweise plötzlich aus einem anderen Blickwinkel betrachten konnte.

Trotz aller innerlichen Widerstände meinerseits sollte es nicht das letzte Seminar in dieser Richtung gewesen sein, zahlreiche, ja ganze Seminarreihen folgten.

Jedoch muss man auch eines festhalten, das erwünschte Ergebnis, daraus wieder eine gefestigte

Beziehung mit Lisa führen zu können, stellte sich leider nicht ein. Im Gegenteil.

10.

Schon komisch, wie das Leben manchmal spielt. Man versucht sich Hilfe von außen zu holen, weil man es allein nicht schafft, offensichtliche Probleme zu meistern. Das haben wir auch gemacht und im Ergebnis sind wir an unserer Beziehung gescheitert.

Es waren viele Seminare, die wir besucht und dort zahlreiche Menschen getroffen haben, denen es in ihrem Paardasein gleich oder ähnlich ging. Viele sind ebenso gescheitert wie zuletzt wir.

Aber sind oder waren wir gescheitert? Im Nachhinein betrachtet, ein klares „jein". Wir haben uns zum Schluss doch eingestanden, dass es nicht passt und wir getrennte Wege gehen müssen.

Ausschlaggebend war eine Therapie, die Lisa eigentlich für Max organisiert hatte. Der brauchte auch Hilfe. Im Rahmen des ersten Kennenlernens im Therapiezentrum mit der Therapeutin Sandra, stellte sich schnell heraus, dass es auch eine Therapie für uns ein könnte. Es sollte auch eine für uns werden, Max ist nämlich abgesprungen. Seiner Meinung nach, habe die Therapeutin ihm nicht das Wasser reichen können, weshalb er dann abgebrochen hatte.

Lisa und ich sind am Anfang beide geblieben, auch zu Beginn getrennt voneinander, bis zur Entscheidung, ob wir die Therapie auf Ehepaarbasis weiterführen wollen. Lisa wollte nicht, ihrer Meinung nach hätte das Therapiezentrum nicht das im Angebot, was sie sich vorgestellt hatte, nämlich die Therapie auf esoterischer und tantrischer Ebene fortzuführen. Ich hatte das Gefühl, hier richtig zu sein, noch tiefer eintauchen zu können in mein bisheriges Leben, zu Tage zu fördern, was ich verdrängt hatte, dort keine Probleme gesehen zu haben, wo es offensichtlich welche gab. Ich habe die Therapie allein weitergeführt, eine der besten Entscheidungen, die ich im Leben bislang getroffen hatte.

In einigen Sitzungen, an denen meine Therapeutin Sandra einen nicht unwesentlichen Anteil daran hatte, ihr an dieser Stelle ein herzliches Dankeschön, habe ich mein Leben aufgearbeitet. Es führte dazu, dass ich mich mit meinen Eltern aussöhnen konnte, insbesondere noch zu Lebzeiten mit meinem Vater. Es führte aber auch zu der Erkenntnis, dass meine Ehe vor dem Aus stand. Ich hatte auch keine Kraft und keinen Willen mehr, diese Beziehung fortzusetzen. Es war zu toxisch geworden.

11.

Ende August, Anfang September 2018 trennten sich Lisas und meine Wege. Ich hatte sehr schnell eine neue Wohnung gefunden, nicht besonders groß, für mich aber völlig ausreichend. Mein Auszug war unspektakulär, an einem Tag war alles erledigt. Ich lebte mich Tag für Tag mehr ein in meinem neuen Zuhause, vor allem im Bewusstsein nicht jeden Tag noch irgendetwas an diesem Haus von Lisa machen zu müssen. Ich konnte mit dieser neu gewonnen „Freizeit" Aktivitäten starten, für die bislang wenig Zeit blieb. Ich begann mich zu verändern, das spürte sowohl mein privates als auch berufliches Umfeld.

Und jetzt kommen wir wieder zurück zum Kern dieser Geschichte, vor allem bemerkte es Alexandra. Ich hinterließ einen sichtbar zufriedenen Eindruck, als ich ihr erzählte, dass ich mich von meiner Frau getrennt hatte und ausgezogen war. Ein heimliches Strahlen war bei ihr zu bemerken.

In der folgenden Zeit ließ ich es mir gutgehen. Zu Beginn war ich Teilnehmer eines Biker-Treffens im Sauerland. Trotz nicht gerade tollem Wetter fühlte ich mich wohl. Die Zeit ging viel zu schnell vorbei. Nicht lange nach meiner Rückkehr war ich mit meinem langjährigen Wanderfreund Horst auf einem neuen Fernwanderweg am Rhein, wie schon einige Male zuvor in anderen Gegenden. Der Unterschied war diesmal, dass mir das Gewicht meines Rucksackes nicht mal ansatzweise so hoch vorkam, wie in den Jahren zuvor, bei gleichem Inhalt.

Nach unserer Rückkehr ging es zum nächsten Treffen mit Motorradfreunden in die Pfalz. Es war einfach toll, mich ungezwungen geben zu können und mir keine Gedanken machen zu müssen, was mich nach meiner Rückkehr nach Hause erwarten würde. Ich musste niemandem mehr Rede und Antwort stehen, ein neues Gefühl von Freiheit. Lisa konnte meinem Hobby Motorradfahren seinerzeit ohnehin nie etwas abgewinnen.

Anders allerdings Alexandra, die war vom Motorradfahren völlig begeistert. Deshalb hatte ich sie auch gefragt, ob ich sie am Ende dieses Motorradtreffens in der Pfalz zu einer kleinen Tour abholen darf. Sie sagte sofort zu und so machten wir uns an einem Sonntagnachmittag auf, von ihrem Wohnort aus der Gegend zu erkunden und landeten schließlich in einem Klostercafé bei herrlichem Wetter. Bei Kaffee und Kuchen sprachen wir über Hinz und Kunz, aber wiederum nicht über uns.

Da schien sich ein Muster fortzusetzen, wie wir das schon bei einigen Situationen hatten. Meist wenn wir beruflich auf unseren Eventveranstaltungen unterwegs waren, aber auch einmal bei einem privaten Treffen, als ich sie zum Eis essen eingeladen hatte.

Mittlerweile konnte ich meine Gefühle gegenüber Alexandra definieren und wusste, dass ich mich in sie verliebt hatte. Sie war einfach die Frau, die in mein Leben passte, auch wenn ich noch nicht allzu viel von ihr wusste. In der Annahme, dass es ihr ähnlich gehen würde, fragte ich sie am Ende der Tour spaßeshalber, dass ich mal gespannt bin, wann aus uns ein Paar werden würde. Diesen Gesichtsausdruck und die Reaktion darauf werde ich nie vergessen. Alexandra war völlig perplex, unfähig noch irgendwas zu sagen. Sie bedankte sich noch für die schöne Tour und wir waren uns einig, dies bei nächster Gelegenheit zu wiederholen. Zu diesem Zeitpunkt ahnten wir nicht, was das Leben eine Woche später für uns bereithielt.

Wir hatten einen Tanzball in Karlsruhe zu veranstalten, es lief alles reibungslos, ein schöner Abend für unsere Gäste und die Künstler. Ich fragte deshalb Alexandra, ob wir nicht etwas früher die Veranstaltung verlassen und irgendwo in Karlsruhe noch etwas trinken gehen sollen. Sie war einverstanden und nachdem klar war, wer diesmal hinter uns aufräumt, machten wir uns auf den Weg. Hatten wir uns ohnehin mal verdient, da wir immer die Letzten waren, die ein solches Event verließen. Wir fanden eine nette Location, in der wir uns wohlfühlten und uns endlich fernab von allen

Verpflichtungen, Stress und Druck wirklich über Persönliches unterhalten konnten.

Ich bin eigentlich gleich mit der Tür ins Haus gefallen und habe Alexandra sofort gesagt, dass ich mich in sie verliebt und das Gefühl hatte, dass es ihr ebenso ging. Sie strahlte über allen Maßen und das Eis, wenn es denn wirklich eines gegeben hatte, war gebrochen. Ich konnte ihr ansehen, dass sie mir unendlich dankbar darüber war, dass ich zuerst die Initiativen ergriffen hatte, um unseren Beziehungsstatus zu klären. Sie erzählte das erste Mal richtig aus ihrem Leben und wie sie zu mir stand. Aber da greife ich ihr nicht vor, das wird sie an dieser Stelle selbst zu Papier bringen.

12.

Mein Name ist Alexandra und ich möchte hier schildern, wie ich mich in meinen Chef verliebt habe.

Der 07.07.2017 war ein ganz normaler Arbeitstag, als plötzlich morgens unsere Bürotür aufging und sich ein großer, sportlicher und gutaussehender Mann als neuer Geschäftsführer bei uns vorstellte.

Ich habe keine Ahnung, was mit mir ab diesem Moment passiert ist, aber dieser Mann hatte in mir irgendwas ausgelöst.

Nachdem er sich bei uns verabschiedete meinte meine Kollegin, dass Sie Manfred schon lange kenne. Dieser sei ein ganz toller Kollege und es wäre großartig, wenn er unser Chef werden würde.

Sie wusste aber nicht genau, ob er verheiratet oder mit jemand zusammen ist. So viel wollte ich nun vorerst auch nicht wissen.

Eigentlich ging mich das ja gar nichts an, aber irgendwie wollte ich es wissen.

Unser Unternehmen musste dringend vor der bevorstehenden Insolvenz gerettet werden. Aus diesem Grund war es dringend notwendig eine Person zu finden, die sich mit Finanzen sehr gut auskannte.

Und das war definitiv der richtige Mann.

Er hatte ein umfangreiches Knowhow was Finanzen und Bilanzen anging.

Eine Woche später hat er die Arbeit bei uns im vollen Umfang aufgenommen. Am Anfang kam Manfred mindestens zwei bis drei Tage in der Woche zur Geschäftsstelle.

Das Erste, was ich machte, war: Ich brachte ihm immer einen Pott Kaffee und manchmal eine frische Brezel vom Bäcker dazu an seinen Schreibtisch.

Ach Gott, das waren die schönsten Tage meines Lebens. So ging es Woche für Woche.

Wenn er kam, bin ich wie eine Biene herumgelaufen und freute mich innerlich wie ein kleines Kind.

Ich lief sofort in die Küche, und machte ihm einen frischen Kaffee.

So lief es das erste halbe Jahr. Leider.

Es gab einen festen Termin, bei dem Manfred mich dabeihaben wollte. Ich sollte die Mitarbeiter eines Partnerunternehmens, mit welchem wir in der Hauptsache zu tun hatten, vor Ort auch mal kennenlernen. Also gut, er holte mich daheim ab und wir fuhren dann gemeinsam zum Termin.

Da wir noch ein wenig Zeit hatten, sind wir noch einen Kaffee trinken gegangen. Ich war nervös und habe die Runde Kaffee bezahlt.

Danach ging's los zum vereinbarten Termin.

Nach dieser Besprechung sind wir vor Ort in der Innenstadt noch zu einem Bistro gelaufen, um dort eine Kleinigkeit zu essen.

Wir hatten uns an einen netten Tisch gesetzt, bei dem ich Manfred gegen über saß.

Da kam ein Moment, wo er mir direkt in die Augen schaute. Ich schaute ihn auch kurz an, hab dann vor lauter Nervosität meinen Blick auf meine Handtasche neben mir auf dem Boden geworfen. Ich tat so, als ob ich etwas in meiner Tasche suche. Da er hauptberuflich bei einer Polizeibehörde arbeitete, wusste ich nicht, ob er beim Verhör den gegenüber sitzenden Tätern auch in die Augen schaut, um etwas zu erfahren. Ich hatte Angst, dass er merkt, wie meine Gefühle zu ihm waren. Oh, mein Gott hat der schöne Augen und die Farbe erst. Oh mein Gott.

Zahlreiche Fragen schossen mir durch den Kopf:

Was Manfred wohl von mir denkt?

Hat er den Eindruck, dass etwas nicht mit mir stimmt?

Mir sind 1000 Dinge durch den Kopf gegangen.

Mein Herz pumpte immer schneller oder hatte Aussetzer.

Was mache ich jetzt bloß? Nur nicht rot werden.

Ich habe mich wirklich Hals über Kopf in unseren neuen Geschäftsführer, meinen Chef, verliebt.

Was und wie gehe ich jetzt damit um?

Geht das denn überhaupt?

Nein, er ist doch mein Chef und hat bestimmt eine Frau und ist verheiratet oder so.

Hm, ich bin bestimmt auch gar nicht sein Typ.

Oh mein Gott.

Ich war plötzlich ein ganz anderer Mensch.

Ich konnte nicht mehr klar denken und auch nicht mehr aufhören, ständig an ihn zu denken, geschweige dessen abends schlafen.

Was ist mit mir nur passiert? Weiterhin Fragen über Fragen.

13.

In der nächsten Zeit stellte sich eine gewisse Routine ein, um es mal mit einem Filmklassiker zu umschreiben: „Und täglich grüßt das Murmeltier".

Manfred kam wie immer mindestens einmal, wenn nicht gar zweimal in der Woche zu uns in die Geschäftsstelle.

Wie immer war das Erste, was er von mir morgens bekam, ein Pott heißer Kaffee und eine frische Brezel.

Danach stürzte ich mich an meinem Schreibtisch in die Arbeit. Ich konnte dabei aber immer wieder einen heimlichen Blick auf ihn werfen. Wenn der nur wüsste, was hier los ist.

Natürlich musste ich mich beherrschen und zusammenreißen.

Je öfter wir uns sahen, umso mehr wurde mir klar, dass ich verrückt war nach diesem Mann.

Er hat mich magisch angezogen und dies wurde von Woche zu Woche immer schlimmer.

Wie er sprach, sich bewegte und mich immer anschaute.

Natürlich schaute ich ihn an, wenn er wegschaute, er sollte ja nichts merken.

Ich musste richtig aufpassen, dass ich nicht bewusstlos unter meinen Schreibtisch fiel.

Was war nur los mit mir?

Ich konnte gar nicht mehr klar denken und hatte das Gefühl, den Verstand verloren zu haben.

Der ist aber auch soooo süß.

Ein Gedanke schoss mit ständig in den Kopf: Das ist der perfekte Mann für mich.

Wau, jetzt musste ich aufpassen.

Nun hatten wir noch eine Veranstaltung, bei der Manfred auch später dazu kam. Ich freute mich so sehr. Er kam im schwarzen Anzug. Hm, einfach lecker sah er aus.

Ich hatte das Gefühl, dass er sich auch freute, mich zu sehen.

An diesem Abend übernahm eine gute Bekannte von Manfred das Catering in der Halle. Ich nutzte die Chance und fragte oberflächlich nach:

„Du kennst Manfred?" Sie meinte: „Ja. Ich kenne ihn schon lange. Er ist ein toller Mann und ist schon lange verheiratet. Ich kenne auch seine Frau."

Da brach für mich ein wenig die Welt zusammen, ich war traurig. Also keine Chance. No Way. Hätte auch zu schön sein können.

Immer wieder rief ich mir ins Gedächtnis: „Lass die Finger von ihm und mach nur deine Arbeit und nicht mehr."

Trotzdem viel es mir natürlich schwer, nicht an Manfred zu denken.

Nun war das Jahr 2018 schon bis zur Jahresmitte fortgeschritten und wir arbeiteten nahezu ein Jahr zusammen. Ich hatte das Gefühl, dass meine Lage immer schwieriger wurde.

Ich hatte wahnsinnig viel Arbeit, zudem stand mein Urlaub mit meinen Kindern und auch noch ein Umzug vor der Tür.

Mir bereitete die ganze Situation schlaflose Nächte, obwohl ich eigentlich dafür gerüstet sein sollte, da ich solche Aktionen schon öfter in meinem Leben bewerkstelligt hatte.

Mitte der Achtziger lernte ich einen netten Mann kennen, in den ich mich verliebt hatte und mit dem ich zwei Jahre später zusammengezogen bin. Aus dieser Beziehung habe ich die kleine süße Sofie bekommen. Nach dem diese Beziehung sich nach der Geburt unserer Tochter verändert hatte, bin ich mit meiner 5 Monate alten Tochter wieder nach Hause gezogen.

Ende der Neunziger hatte ich dann einen neuen Mann kennengelernt. Er lebte in der Schweiz und wir haben uns anfangs nur am Wochenende gesehen. Die Beziehung lief echt super, aber dies war nur ein Film, von dem ich nichts ahnte. Nach drei Jahren und dem Bund fürs Leben bin ich auf Grund meiner Schwangerschaft zu ihm in die Schweiz gezogen. Ich hatte mich zu früh gefreut, ich dachte, dass ich jetzt mit diesem Mann mein Glück gefunden hab.

Doch es kam alles anders.

Schon in den ersten zwei Wochen nach meinem Umzug in die Schweiz entpuppte sich dieser Mann als eine ganz andere Person. Er hatte plötzlich zwei Gesichter, die mir fremd waren. Eine Art Dr. Jekyll und Mr. Hyde.

Plötzlich fühlte ich mich nicht mehr wohl und wollte aus dieser Situation raus.

Also habe ich wieder meinen Umzug zurück nach Deutschland geplant, ausgeführt und dann die Scheidung eingereicht.

Nach all dem Pech, was ich mit meinen Männern hatte, hatte ich die Lust verloren, einen neuen Mann kennen zu lernen. Mir fehlte aber irgendwas. Also habe ich mir einen Zwergpudel zugelegt. Es war die Winnie, eine Hündin. Die war meine Erfüllung nach all den Nackenschlägen der letzten Jahre.

Wiederum 7 Jahre später hatte ich erneut einen Mann kennengelernt, mit dem ich dann eine 10-jährige Beziehung führte. Anfangs war alles sehr nett, doch auch dieser Mann wurde nach 6 Jahren plötzlich ganz anders. Auch hier bemerkte ich, dass wir nicht zusammenpassen. Trotzdem blieben wir noch vier Jahre zusammen, gingen aber immer mehr getrennte Wege. Irgendwann fing ich wieder an, eine neue Wohnung zu suchen und erneut meinen Umzug zu planen.

Ich wollte für das zweite Halbjahr noch vieles erledigen bzw. vorarbeiten, um mit ruhigem Gewissen in den Urlaub gehen zu können.

Nachdem ich die Arbeit auf dem Laufenden hatte, konnte ich einfach nicht aufhören, an Manfred zu denken.

Ich hatte ein dickes Problem. Das alles hatte mich ziemlich viel Kraft gekostet. Ich musste mich jedes Mal so sehr zusammenreißen und konnte nichts unternehmen.

So hatte ich mich kurzfristig dazu entschlossen, meine Cousinen auf Ibiza zu besuchen.

Ich fragte meinen Chef, ob ich für 3 Tage in Urlaub dürfte. Er meinte ja.

Somit habe ich meinen Urlaub für 3 Tage Ibiza dann sofort gebucht. Auf Ibiza hatte ich die Gelegenheit mit meinen Cousinen ins Gespräch zu gehen, um für mich eine Lösung für mich zu finden. Ich war verliebt, hatte aber keine Ahnung, ob ich sein Typ Frau war und überhaupt.

Meine Cousinen rieten mir, es einfach laufen zu lassen und abzuwarten, ob von ihm etwas komme.

So, jetzt stand ich schon wieder da, wo ich vorher war.

Er ist doch mein Chef, war mein alles beherrschender Gedanke.

Er hat doch keine Ahnung, was ich gerade durchmache.

Und wieder: „Oh Gott, was mache ich jetzt?"

14.

Als ich von Ibiza zurückkam, stand unsere nächste große Veranstaltung vor der Tür. Manfred holte mich noch an meiner alten Anschrift zu Hause ab. Ich hatte mir fest vorgenommen, im Auto mit ihm über uns zu reden.

Was war?

Natürlich haben wir bzw. eigentlich eher ich, wieder nur über das Geschäftliche geredet. Ich weiß bis heute nicht, warum es mir so schwergefallen ist, mit Manfred über persönliche Dinge zu sprechen. Da hatte ich irgendwie eine Blockade.

Vor Ort musste war ich dann mit meiner Arbeit beschäftigt und es war keine Zeit über persönliche Dinge nachzudenken. Später saßen wir dann gemeinsam mit anderen Kollegen an einem Tisch und verbrachten so den Abend.

Natürlich saß Manfred neben mir.

Am liebsten wäre ich ihm um den Hals gefallen.

Aber ich musste mich, wie so oft, zusammenreißen.

Ich dachte mir nur: „Kerl was hast du an dir, was mich so an dich heranzieht?"

Was ist das?

Nun wurde es spät und die Veranstaltung neigte sich dem Ende zu. Es wurde Zeit heimzufahren.

Manfred ging mir nicht aus dem Kopf. Konnte kaum schlafen. Ich bin einfach nicht zur Ruhe gekommen. Konnte auch nicht abschalten.

15.

Eine Woche später stand mein Urlaub mit meinen Kindern nach Thailand vor der Tür.

Kurz davor war ich noch mit meiner jüngsten Tochter umgezogen, es hatte alles funktioniert. Diesen Urlaub hatte ich bitter nötig. Der Umzug war mir noch leichtgefallen, da ich nur Manfred im Kopf hatte und im Urlaub fing ich aber an, ihn furchtbar zu vermissen. Somit schrieb ich ihm täglich, um mit ihm im Kontakt zu sein. Während unseres Urlaubs merkten meine Töchter, dass es diesmal etwas Ernstes ist.

Ach Gott, war das hart. Zwei Wochen ohne Manfred. Ich hätte ihn am liebsten mitgenommen.

Aber er hatte doch keine Ahnung, was mit mir los war.

Wenn ich ihm nur hätte sagen können, was Sache ist.

Ich traute mich nicht, da war ich ein bisschen feige.

Er war doch mein Chef.

Ich konnte mich doch nicht in meinen Chef verlieben?

Außerdem hatte ich überhaupt keine Ahnung, was er für einen Charakter hatte und überhaupt. Solche Gedanken kreisten ständig durch meinen Kopf

In Thailand konnte ich auch nicht abschalten. Er war die ganze Zeit in meinen Gedanken dabei. Zum Glück konnte ich ihm jeden Tag eine WhatsApp schreiben.

Wir schrieben uns täglich.

Es war dieses Mal auch völlig anders, nicht wie in den früheren Beziehungen. Ich fühlte mich immer mehr zu Manfred hingezogen, wie ein Magnet, spürte, dass ich bei ihm geborgen sein und mich fallen lassen könnte. Ich konnte ohne Ihn nicht mehr und wollte dies plötzlich auch nicht mehr. Was war bloß los mit mir? Ich wollte ihn bei mir haben und nur noch mit ihm zusammen sein. Für immer.

Irgendwann schrieb ich ihm. dass ich so gerne mit ihm zusammenarbeite. Prompt kam von ihm die Frage: „Warum arbeitest du so gerne mit mir?"

Ich wusste erst gar nicht, was ich darauf schreiben sollte.

Ich schreib doch nicht vom anderen Ende der Welt per WhatsApp: „Ich bin Hals über Kopf in dich verliebt."

So schrieb ich ihm: „Deine Arbeitsweise gefällt mir. Es ist einfach großartig, so strukturiert mit dir zusammen arbeiten zu können". Er schrieb zurück: „Ich arbeitete auch sehr gerne mit mir zusammen."

Als diese Nachricht kam, hatte meine große Tochter gerade in mein Handy geschaut und meinte:

„Mami siehst du, der liebt dich nicht, der arbeitet nur gerne mit dir."

Das war natürlich nicht die Antwort, die ich gerne hören wollte, aber ich hatte ein komisches Gefühl, dass Manfred etwas ahnte.

Es war mir einfach egal, welche Zeitverschiebungen wir hatten, ich habe ihm einfach zu jeder Uhrzeit geschrieben und auch immer kurz drauf eine Antwort bekommen.
Danach konnte ich wenigstens ein wenig zur Ruhe kommen und mir die Gegend anschauen.

Ich war vor lauter Verliebtheit so verzweifelt. Also so etwas hatte ich noch nie.
Mir gingen wieder lauter Fragen durch den Kopf:

Was passiert, wenn sich nichts tut?

Soll ich kündigen?

Ich kann doch so nicht weitermachen?

So schrieb ich im Urlaub schon mal meine Kündigung, um mir ein Zeitfenster bis Ende 2018 zu lassen.

Es wurde immer schwieriger und ich wusste nicht, wie lange ich diese Situation noch durchhalten konnte.

Wenige Tage später, war unser Urlaub vorbei und der Alltag stand wieder vor der Tür.

Ich freute mich riesig auf das Wiedersehen mit Manfred. Ich hatte ihm auch etwas aus Thailand mitgebracht.

Mit großer Freude habe ich ihm das Geschenk dann überreicht. Er freute sich darüber und hat sich herzlich bedankt.

Eine Woche später erzählte er mir, dass er sich von seiner Frau getrennt habe, sich gerade eine Wohnung sucht und ausziehen wird.

Oha, jetzt musste ich etwas in Bewegung setzen, sonst wäre er weg. Natürlich war mir sofort klar, dass so ein toller Mann nicht lange allein bleibt und ich diesen Mann unbedingt haben wollte.

Aber wie und was machen?

Gleichzeitig schoss mir durch den Kopf, dass es eigentlich ein lustiger Zufall war, denn ich hatte mich nach einer langjährigen Beziehung wenige Wochen vorher ebenfalls von meinem Lebenspartner getrennt und war in eine neue Wohnung gezogen. Und jetzt mein Chef?

So hatten wir in kürzester Zeit das gleiche Schicksal.

Eine Trennung.

Lieber Gott: Sag mir doch was ich tun soll? Bitte, bitte, bitte.

Ein paar Tage später fragte mich Manfred, ob ich Lust hätte mich mit ihm in Stuttgart auf ein Eis zu treffen.

Vor lauter Freude habe ich sofort zugesagt. Mir wurde warm und mein Herz pumpte und pumpte immer schneller.

Ich habe mich sofort auf den Weg nach Stuttgart gemacht. Er war schon da und saß mit Motorradklamotten am Schlossplatz und wartete auf mich. Ich habe ihn auch gleich gefunden.

Mein Gott, schaut der süß aus. Wie der gucken kann.

Ich wusste, dass ich mich unter Kontrolle halten muss. Also Gesprächsthema: Natürlich wieder nur über die Arbeit.

Viel lieber wäre es mir gewesen, ihn zu küssen und zu umarmen.

Ich habe mich nicht getraut.

Später bin ich mit ihm zu seinem neuen Motorrad gelaufen und bin dann auch zu meinem Auto. Da bekam ich einen Schreck, denn mein Auto wurde gerade abgeschleppt.

Was sollte ich jetzt machen?

Es war Fußball-Weltmeisterschaft und natürlich war die Straße ab 15:30 Uhr wegen Fußball gesperrt. Mein Auto wurde nicht mehr heruntergelassen, so musste ich mit dem Abschleppdienst mitfahren, um an einem anderen Ort mein Fahrzeug wieder zurückzubekommen.

Von diesem Vorfall habe ich Manfred erstmal nichts erzählt.

Was hätte er sonst von mir gedacht?

Schade, dass er schon heim ist, also ich hätte es die ganze Nacht mit ihm ausgehalten.

So ging wieder einige Zeit ins Land, die Alltagsroutine hatte mich wieder. Nach ein paar Wochen fragte er mich, ob ich ihn zu einem Bike-Event begleiten möchte. Dieser würde von Freitag bis Sonntag gehen.

Hm, am liebsten hätte ich ja gesagt, aber dann ist mir eingefallen, dass wir wohl das gleiche Zimmer haben und ich mir mit meinem Chef ein Bett teilen müsste.

Das ging dann doch nicht. Also habe ich abgesagt, ohne darüber nachzudenken oder dass mir eingefallen wäre, dass es bestimmt auch eine andere Lösung gegeben hätte.

Wenn Manfred nur wüsste, wie gerne ich ja gesagt hätte!

Ich hatte nur gehofft, dass er mir die Absage nicht übelnimmt.

Am liebsten hätte ich ihn am Samstag mit dem Auto besucht und wäre abends zurückgefahren.

Aber ich traute mich nicht.

So blieb ich daheim.

Dann schickte mir Manfred Bilder von seinem Zimmer. Also die Betten konnte man nicht auseinanderziehen. Da wären wir gemeinsam in einem Bett, war mein Gedankengang.

Hätte ich, wenn ich mitgegangen wäre, auch ruhig neben ihm geschlafen?

Nein, bestimmt nicht.

Ich wäre ihm da bestimmt um den Hals gefallen.

Ach, wäre ich nur mitgefahren.

Sonntagmorgen rief er an und meinte, dass er auf dem Rückweg bei mir vorbeikommen würde.

Ob ich Lust hätte mit ihm eine Motorradtour zu machen?

Natürlich habe ich mich wie ein kleines Kind gefreut und sofort ja gesagt.

Er kam tatsächlich am Sonntagnachmittag bei mir vorbei und ich durfte auf dem Motorrad eine Ausfahrt genießen.

Wau, die erste Umarmung.

Ach Gott, war dies ein großartiges Gefühl. Ich fühlte mich auf dem Soziussitz wie eine Königin.

Ich hätte ihn am liebsten so richtig gedrückt, aber ich rief mir in Erinnerung: „Alex reiß dich zusammen."

Schließlich sind wir in einem Kaffee gelandet bei dem unser Gesprächsthema wie immer wieder nur geschäftlich war.

Dabei schaute ich ihn immer wieder an.

Ach Gott, ist der süß. Wenn du nur wüsstest, was ich gerade so über dich denke.

Ich habe es nicht über die Lippen gebracht mit Ihm über meine Gefühle zu ihm zu sprechen. Gegen später hat er mich wieder heimgefahren.

Beim Absteigen von seinem Motorrad kam der Satz von ihm: „Ich bin mal gespannt, wann aus uns ein Paar wird?"

Mir blieb geschwind der Atem weg. Oh mein Gott, Herzstillstand. Was hat er gerade gesagt?

Ab da wusste ich: Zwischen uns ist mehr als nur Freundschaft.

Ich habe mich für den schönen Tag bedankt und wir haben uns verabschiedet. Er ist danach heimgefahren.

Mir war aber sofort klar, Manfred ahnt was.

16.

Eine Woche später hatten wird die nächste Tanzveranstaltung und wir wickelten alles routiniert ab.

Später am Abend, die Veranstaltung neigte sich langsam dem Ende zu, frage mich Manfred, ob es okay für mich sei, wenn wir die Veranstaltung früher verlassen und uns mal aussprechen.

Ich war so happy, dass sich endlich etwas bewegte.

Aber in welche Richtung?

Mir gingen wieder die sprichwörtlichen 1000 Fragen durch den Kopf.

Über was will er mit mir reden?

Will er mir sagen, dass er mich ganz nett findet und mich mag, aber mehr nicht, weil ich gar nicht sein Typ bin?

Oder aber er will mich fragen was mit mir los ist? Er hatte bestimmt gemerkt, dass ich durch den Wind war.

Oh mein Gott, kann ich das oder nicht? Was soll ich ihm sagen?

Ich glaube, ich werde bewusstlos.

So haben wir die Veranstaltung tatsächlich früher verlassen und sind vor Ort in ein Lokal gegangen, um mal über uns zu sprechen.

Ich habe mir vor lauter Nervosität in die Hosen gemacht.

Ich wusste nicht, was dieser großartige Mann mir sagen will.

Ohne Umschweife hat er mir gesagt, dass er sich in mich verliebt hat und dass er das Gefühl hat, dass es mir genau so geht. Manfred meinte, dass aus uns beiden ein tolles Paar werden würde. Daraufhin habe ich ihm das erste Bussi gegeben.

Ab diesem Zeitpunkt waren wir zusammen und haben einer wunderschönen neuen Beziehung die Chance gegeben zu wachsen.

Mir war von Anfang an klar, wir gehören zusammen.

So kam der nächste Schritt vom Manfred.

Er hat mich für Silvester eingeladen. Eine Party auf einem Schiff in Köln. Übernachtung im Hotel. Ich war überwältigt. Gemeinsam Silvester feiern? Einfach ein Traum.

Bis dahin hatten wir mit allen Mitarbeitern der Firma noch eine sehr schöne Weihnachtsfeier. Wir verbrachten einen großartigen Abend, behielten aber unsere Beziehung noch für uns. Die anderen würden das alles noch früh genug erfahren.

Danach war Weihnachten und es kam Sylvester.

Wir verbrachten 3 wunderbare Tage in Köln und haben uns die Gegend angeschaut ein paar Weihnachtsmärkte besucht und waren im Schokoladenmuseum.

Das Jahr 2019, in das wir gemeinsam gegangen waren hielt die nächsten Schritte für uns bereit.

Es tauchte irgendwann die Frage von Manfred auf, ob ich mir vorstellen könnte, zusammenzuziehen.

Ich freute mich und meinte: Warum nicht? Schließlich passte auch das zwischenmenschliche von Manfred mit meiner jüngsten Tochter, die noch bei mir wohnte.

Ich machte mich sofort an die Arbeit.

Ich musste für meine Wohnung einen neuen Nachmieter suchen. Parallel machte sich Manfred schon mal auf die Suche nach einer neuen Wohnung. Nach kurzer Zeit haben wir die Möglichkeit bekommen uns mehrere Objekte anzusehen.

Einige Wohnungen entsprachen nicht unseren Vorstellungen, bei den anderen hagelte es Absagen.

An einem Freitag hatten wir dann noch eine Wohnung besichtigt, die lag im 14. Stock eines Hochhauses. Sehr schöne Wohnung, nette Vermieter, aber mir war etwas mulmig, da ich nicht ganz höhentauglich bin und wir auch noch zwei Balkone in dieser Wohnung vorgefunden haben. Die Vermieter hatten das mit meiner Höhenangst bemerkt, gaben mir aber die Zuversicht, sich mit der Zeit daran gewöhnen zu können. Die Wohnung war toll und ich sagte das den Vermietern auch, gab aber gleichzeitig zu, dass es mir nicht ganz wohl sei, in dieser Höhe zu wohnen. Wir verabschiedeten uns, ohne eine konkrete Vereinbarung getroffen zu haben.

Manfred und ich hatten samstags in Biberach eine Veranstaltung zu betreuen und übernachteten anschließend im Hotel, als sonntagmorgens um 09:00 Uhr plötzlich das Handy vom Manfred im Auto klingelte.

Die Vermieter riefen zurück und sagten uns, dass sie sich für uns als Mieter entschieden hätten, wenn es für mich wegen der Höhe kein Problem sei. Wir haben uns so sehr auf diese Nachricht gefreut, dass ich sofort zugesagt habe. Glück und Liebe besiegt halt auch Höhenangst.

In meinen Gedanken war nur, dass jetzt unser neues gemeinsames großes Glück beginnt.

17.

Ich war so sehr verliebt und hoffte nur eins: Hoffentlich bekommen wir das alles so hin wie wir es uns vorgestellt haben?

Ich konnte es immer noch nicht glauben, dass ich jetzt mit meinem Chef, der gleichzeitig auch der Mann ist, den ich mir schon immer als Lebenspartner vorgestellt hatte, zusammen in einer Wohnung lebe und aus uns eine Zweisamkeit geworden ist.

Es ging alles so schnell und ich bereute nichts.

Ich war nur noch glücklich meine große LIEBE bei mir zu haben.

Ich wusste von Anfang an, dass er etwas ganz Besonderes für mich ist und ihn einfach von Kopf bis Fuß liebe. Besser gesagt, ich bin verrückt nach ihm.

Auch nachdem wir zusammengezogen waren, haben wir unsere Liebe vorerst geschäftlich nicht preisgegeben.

Die Mitarbeiter vor Ort meinten zwar immer wieder:

„Alex, du und Manfred würdet ein sehr schönes Paar abgeben. Ihr würdet echt gut zusammenpassen." Wir sagten trotzdem nichts und schmunzelten vor uns hin.

Eine Begebenheit sollte hier nicht unerwähnt bleiben, die die Neugierigkeit der anderen Mitarbeiter widerspiegelte. Wir arbeiteten routiniert weiter, die nächste Veranstaltung stand auf dem Programm. Alles war gut organisiert und durchgesprochen.

Nachdem dieses Event vorbei war, sind wir alle nach den Aufräumarbeiten gemeinsam mit unseren Mitarbeiterinnen- und Mitarbeitern ins Hotel gefahren.

Wir hatten alle schon unsere Zimmerschlüssel und sind in unsere Zimmer marschiert. Nur Hans und Franz sind noch stehen geblieben und wollten wissen, in welches Zimmer ich gehe und vor allem mit wem?

Ich meinte zu den beiden, ich muss nur mein Koffer hier herausholen und suche dann mein Zimmer.

Ich habe mich vor innerlichem Lachen kaum halten können.

Natürlich waren die beiden neugierig und wollten es wissen, wurden aber letztlich enttäuscht, da ich mich anders verhielt, als sie angenommen hatten.

Am nächsten Morgen habe ich mich zum Frühstück neben Manfred gesetzt, ganz zwanglos und völlig selbstverständlich. Aber auch hier hat dann letztendlich keiner etwas mitbekommen.

Eine Zeit danach hatte ich den Gedanken, dass wir uns eigentlich eine kleine Auszeit verdient hätten und machte den Vorschlag nach Ibiza zu fliegen.

Gesagt getan, Manfred hat alles organisiert und wir hatten einen herrlichen Urlaub auf der Insel. Eine richtig schöne Zeit für uns allein.

Es war wie ein Traum.

Unser Glück war vollkommen.

Nach unserem Urlaub ging es natürlich für uns an den Arbeitsstellen weiter. Die anderen Mitarbeiter meinten immer wieder, dass Manfred und ich ein tolles Paar abgeben würden. Wir würden sehr gut zusammenpassen. Die ließen da einfach nicht locker. Keiner wusste, dass wir zu diesem Zeitpunkt schon ein Paar waren.

Wir hielten dies vorerst weiter für uns geheim. Auch gegenüber meiner ältesten Tochter, die ebenfalls auf dieser Geschäftsstelle der Gewerkschaft, allerdings in einem anderen Bereich arbeitete, äußersten sie immer wieder, was wir für ein großartiges Paar abgeben würden.

Meine Tochter kam zu uns und erzählte uns davon und meinte, dass sie sich da ein Lachen verkneifen musste.

Strahlten wir so etwas Magisches aus?

Ich hatte von Anfang an das Gefühl, dass wir zusammengehören, warum mir auch immer wieder dieser Gedanke in den Sinn kam.

Scheinbar ließ dieser Gedanke auch die anderen Mitarbeiter nicht los, es wurde tagtäglich mehr gerätselt, ob Manfred und ich ein Paar waren.

Am meisten interessierte das unseren Gewerkschaftschef und gleichzeitigen Prokuristen Rudi. Der wollte es genau wissen. Der entwickelte da schon eine gewisse Routine, mit der er dachte, uns „inflagranti" erwischen zu können.

Wenn mein Schatz in der Geschäftsstelle anwesend war und die Bürotür geschlossen war, wurde diese von Rudi ohne anklopfen einfach aufgemacht. Da sind die Blicke auch gleich auf Manfred und mich gefallen. Aber wir haben uns nichts anmerken lassen und unser Privatleben vom Geschäftsleben komplett getrennt.

Trotzdem hatte Rudi nicht lockergelassen. Immer wieder öfter stellte er Fragen zur Beziehung zwischen Manfred und mir.

Ich dachte mir nur: Das geht ihn doch gar nichts an. Wieso fragt er immer wieder?

In der Zwischenzeit fingen die Mitarbeiter auch an, nichts mehr mit mir zu reden.

Ich habe die Welt nicht mehr verstanden.

Was war passiert?

Ich wollte das alles nicht so stehen lassen und habe alle Mitarbeiter zu einem Gespräch in das Besprechungszimmer gebeten. Mit diesem Gespräch dachte ich alle Missverständnisse aus dem Weg geschaffen zu haben, aber dies war nicht so. Scheinbar waren alle irgendwie neidisch darauf, dass ich mit Manfred zusammen sein könnte, ohne es tatsächlich zu wissen.

Wie schräg ist doch die Welt.

18.

Nichtsdestotrotz kam der Tag, an dem es zu einer Aussprache zwischen Manfred und Rudi, bei einer gemeinsamen Veranstaltung der beiden, kam. Hier hat er Rudi mitgeteilt, dass wir ein Paar sind. Komisch, ab diesem Zeitpunkt nach dieser Information wusste plötzlich jeder, dass wir ein Paar ist.

Ich war echt geschockt wie schnell diese Information seine Runde macht. Rudi meinte wohl, sein Wissen mit anderen teilen zu müssen und obwohl er gegenüber Manfred noch betont hatte, dass er es toll findet, dass wir ein Paar sind, ließ er wenige Zeit gegenüber meiner ältesten Tochter die Andeutung fallen, dass er diese Konstellation so nicht so haben möchte. Als Gewerkschaftschef gefiele ihm eine solche Paarbeziehung im eigenen Hause nicht.

Zuerst wusste ich nicht, was Rudi damit meinte. Später sollte es mir klarwerden.

Es wurde uns Mitarbeitern des Wirtschaftsunternehmens mitgeteilt, dass unsere Firma aus Haftungsgründen so schnell wie möglich in den Verein einfließen sollte, damit daraus eine wirtschaftliche Einheit entstehen könne.

Eine der Kassenprüferinnen, die zu diesem Zeitpunkt im Hause war, kam im Flur mir entgegen und meinte:

Ich solle mir schon mal einen neuen Arbeitsplatz suchen, ich werde gekündigt. Es geht hier nicht mehr weiter. Das war natürlich ein Schlag ins Gesicht. Diese Information haben wir auch von meinem Geschäftsführer erfahren, dass dies so stimmt, er im geschäftsführenden Landesvorstand zwar eine andere Lösung vorgeschlagen haben, aber letztendlich überstimmt worden war. Er würde natürlich versuchen, dass seine Mitarbeiter bleiben können und in die anderen Abteilungen des Vereins integriert werden.

Doch es kam viel schlimmer.

Rudi wollte unseren Chef auch nicht mehr.

Er wollte, dass Manfred von allein zurücktritt, was er aber nicht tat. So wurde Manfred Wochen später die Kündigung ausgesprochen, und ich erhielt meine 3 Tage später.

Natürlich waren wir alle sehr traurig. In Gedanken daran, dass wir alles so großartig aufgebaut hatten, das Unternehmen endlich wieder gut dastand und mit ein paar Unterschriften alles zunichtegemacht wurde, könnte ich mich schwarzärgern.

Trotz dieser Entscheidungen haben wir aber nie aufgehört uns zu lieben. Wir sind dadurch enger zusammengerückt und haben uns gegenseitig Stärke und Halt gegeben, uns durch so ein Fehlverhalten nicht unterkriegen lassen.

Wir sind beide sehr stark, und gehen trotz dieser Niederlage positiv durchs Leben.

Ich bereue nichts: Ich habe in diesem Unternehmen meinen Traummann kennen und lieben gelernt.

Wir lieben uns sehr und ich will jede Minute und Stunde meines Lebens mit Ihm verbringen und genießen.

19.

Das waren die Ansichten von Alexandra, treffender hätte ich es aus meiner Warte auch nicht beschreiben können. Wie heißt es so schön, was uns nicht umbringt, härtet uns ab. So muss man das letztendlich sehen.

Seit diesen Tagen ist wiederum viel Zeit vergangen. Alexandra hat einen neuen Job, der sie ausfüllt und der ihr Spaß macht. Die anderen Mitarbeiterinnen und Mitarbeiter sind alle geblieben und in die Abteilungen des Vereins integriert worden. Rudi ist nicht mehr da, der musste im vergangenen Jahr als Gewerkschaftschef abtreten. Alles neu macht der Mai.

Apropos Mai:

Alexandra und ich haben in diesem Mai im Kreis von Familie und ganz großartigen Freunden geheiratet. Es waren unvergessliche vier Tage auf einem

Weingut. Es ist das sprichwörtliche Tüpfelchen auf dem „i".

Also wie ihr sehen könnt: Es gibt die wahre Liebe wirklich, es passiert einfach in den unmöglichsten Situationen oder Konstellationen. Nicht dass es solche Begebenheiten nicht schon gegeben hätte, wir haben da bestimmt kein Alleinstellungsmerkmal. Aber wir hielten es für eine Aufschreibens Werte Geschichte, die im realen Leben stattgefunden hat, immer noch andauert und sich vielleicht bei anderen Menschen jetzt gerade in diesem Moment wiederholt.

Wir wünschen allen, die Ähnliches erlebt haben, gerade erleben oder noch erleben werden, soviel Glück, wie wir es gefunden haben.